AF240359

Yf 138

DIALOGVE

DV

CARDINAL

DE

RICHELIEV.

VOVLANT ENTRER EN PARADIS

ET SA DESCENTE.

AVX ENFERS.

TRAGI-COMEDIE.

A PARIS.

M. DC. XLIII.

ACTEVRS DV PARADIS.

Monsieur de Marillac,
Monsieur de Mont.morency
Monsieur le Comte de Soyssons.
La Reyne Mere.
Monsieur le Grand
Monsieur de Thou.
Le Cardinal respond a chacun.

ACTEVRS DES ENFERS

Charon.   Nautonnier d'Enfer,
Pluton.
Cornuel.
Le Pere Ioseph.
Le Premier President.
Monsieur de Bullion.

DIALOGVE
DV CARDINAL DE RICHELIEV.

ACTE. I.

SCENE PREMIERE.

Monsieur de Marillac, & le Cardinal.

Monsieur de Marillac.

TE voyla Cardinal, que dit on dans le mõde
Que cherche tu icy ton ame est vagabonde
Ne veux-tu pas entrer dedans le Riche-lieu?
Ne veux-tu point aussi regner auecque Dieu?
Va-t'en dedans l'abisme, establir ton Empire,
Le Roy de ces bas-lieux, sçait que tu y aspire.
Que tous ces Courtisans qui sont auec luy,
Esmeu de ton mal-heur, touché de ton ennuy,
Partagerons peut estre auec toy sa Couronne,
Tu m'as trahy, cruel, aussi te t'abandonne.
Le Cardinal.
      Helas! ce n'est pas moy
Vous sçauez que c'estoit, la volonté du Roy.
Monsieur de Marillac.
Qui m'a faict mon procez? des gens à vostre poste,
Qui m'a fait tant trotter & tant courir la poste
Pourquoy m'a-t'on mené par tous les Parlements
C'est qu'on est oit certain de mes deportements,
C'est que les Magistrats voyant mon innocence
N'osoient me condamner.

Le Cardinal.

Pardonnez ceste offense,
Qui vous a fait monter auec les bien heureux,
D'où vous me rciettez.

Monsieur de Marillac.

Ministre malheureux,
Auois-tu ce dessein m'enuoyant à la Greue,
Retire toy d'icy.

Le Cardinal.

Encore un peu de trefue.

Monsieur de Marillac.

Tu n'en merite pas extremēt des Enfers,
Tu en estois sorty, retourne dans leurs fers,
Vas-y donc pour souffrir des tourmens & des gesnes
Et pour te voir ployé soubs de pezantes chaisnes.

SCENE. II.

Monsieur de Mont-morency & le Cardinal.

Monsieur de Mont-morency.

Monstre de la nature, horreur de l'uniuers,
Dont le corps infecté sert de pasture aux vers,
Ministre de Pluton, tiran abominable,
Ne croys-tu pas qu'il soit tres-iuste & raisõnable
De reietter ton ame du rang des bien heureux
Ta place est aux enfers & ton cul tout chancreux,
Sentira la chaleur des flammes eternelles,
Qui bruslent à iamais les ames criminelles,
La hache d'vn bourreau sur des sanglans autels.
A fait monter mon ame auec les immortels
Et appaisé l'excés de la cruelle enuie,
(Mais que dis ie appaiser) c'estoit peu que ma vie,
Ce n'estoit pas assez de m'auoir mis à mort,
Il failloit que plusieurs le souffrissent à tort,

Le Cardinal.

Ayez pitié de moy, receuez ma pauure ame.

Monfieur de Mont-morency.

Ne fpere rien icy que reproche & que blafme,
Si tu eftois entrè tu nous mettrois dehors,
Au moins fi nous n'eftions & plus fins & plus forts,
Tu veux auoir par tout vne plaine puiffance
Ie ne fçay fi les Sainéts feroient en affeurance,
Et tu voudrois auoir le plus Eminent rang,
Et voudrois dans le Ciel faire nager le fang.

SCENE III.

Le Cardinal & M. le Comte de Soiffons.

Monfieur le Comte de Soiffons.

Eft-ce toy Cardinal que ton vifage eft blefme,
Eft-ce là ta Couleur

Le Cardinal.

      Ouy Monfieur c'eft moy mefmes
Quin'aiant peu flechir perfonne dans ces lieux,
Quoi que voftre bourreau me prefente à vos yeux,
Vous Monfieur qui auez vne ame genereufe
Ayez quelque pitié de cette malheureufe.

Monfieur le Comte.

M'ofe tu bien prier d'auoir pitié de toi,
Impudent, inhumain, qui as vefcu fans loi,
Tu faifois vanité de trahir tout le monde
Et ta mefchanceté n'euft iamais de feconde,
Pour regner feurement, pour faire des threfors,
Pour te faire valoir tu caufois mille maux,
Que la France à iamais en verfera des larmes,
Tu as efmeu l'Europe à defrouiller leurs armes,
Et refpandre le fang de beaucoup de mortels,
Toi qui deuoit fonger feulement aux Autels,
Veux tu pas que le Ciel te pardonne ces crimes
Qui font fi bien peuplez de fanglantes viétimes,
Que tu as fait mourir en cent mille façons,
Les vns par vn poignard les autres par poifons,
Les vns deffus la mer les autres fur la terre,

Les vns en plaine paix les autres en la guerre,
Bref les vns sont passez par les mains des boureaux
Les autres ont rendu leurs ames dans les eaux,
Tout ce que ie te dis n'est que trop veritable,
Cardinal tu le sçais & tu en est comptable.

SCENE. IIII

La Royne Mere & le Cardinal.

La Royne Mere.

Horreur de mes regards auorton de Enfers,
Qui t'amene en ce lieu que n'est tu dans les fers,

Le Cardinal.

Ie vous crie mercy si ie vous ay faschee,
Ie suis fort repentant de ma vie passee,

La Royne Mere.

En est-ce la saison indigne Cardinal,
Tu veux faire du bien ne pouuant plus de mal,
Encore ne croy-ie par que tu en veille faire,
Monstre, Tigre, Inhumain, Leopard sanguinaire:
Auide des thresors, ambitieux d'honneur
Remply de vanité sans courage & sans cœur,
Moy qui auois esté cause de ta fortune,
T'ayant fait grand Seigneur ie t'estois importune,
T'ayant par ma bonté fait puissant à la Cour,
Traistre tu as payé d'vn exil mon amour,
Te faisant des premiers en bien & en puissance
Ie n'en esperois pas aucune recompence,
Estant dans vn estat bien loing d'en recepuoir,
I'en presentois à ceux, qui faisoient leur deuoir,
Mais ie l'aduouë aussi ie n'auois pas la crainte,
De te faire iamais vne si iuste plainte,
Entre plusieurs Seigneurs de grande qualité,
Dont chacun aspiroit à cette dignité,
De Goauerner mon fils Maistre d'un grãd Empire,
Pensant choisir le mieux ie fus prendre le pire,
Tu as iouy cruel de beaucoup de Tresors.

Pendant

Pendant que sans cesser ie souffrois mille maux,
Pour t'auoir fait heureux tu m'as fait malheureuse
Helas que l'amitié souuent est dangereuse
Pour des gens comme toy qui donnent dés tourmens
A ceux qui ont causé, tous leurs contentemens,

Le Cardinal.

Madame ie voullois par cete penitence,
Vous faire auoir le Ciel tres digne recompence,
De tant de liens iadis que i'ay receu de vous.

La Royne Mere.

Traitre, ingrat, inhumain, obiect de mon couroux,
Pense-tu me tromper encore par des paroles,
Il ne faut pas icy desployer tes bricolles?
Nous y sommes plus fins que tu n'y fus iamais,
Et croy que nous sçaurons tout au vray desormais.

ACTE SECOND.

SCENE, I.

Môsieur le Grãd, Monsieur de Thou, & le Cardinal.

Monsieur le Grand.

Vien tu iusques au Ciel exercer ta vengeance,
Et nous croy tu soumis encore à ta puissance,
Pense tu nous pouuoir icy persecuter,
Apres nous auoir fait a tort decapiter,
Tu n'est pas satisfait de si cruelles peynes,
Ayant fait escouler tout le sang de nos veynes,
Tu nous y cherche encore afin de nous punir,
Tu ne le peux pourtant, il faut t'en abstenir,
Si tu en as toi mesme il faudra le respandre,
Tous les Diables en bref te le feront entendre,
Sauue toi malheureux (mais que dis-ie sauuer,
En quel lieu que tu sois ils te pourront trouuer,
Et te faire sentir la rigoureuse flame.

Il n'y a que deux lieux ou puiſſe aller noſtre ame,
Dans les Cieux pour ſa gloire, entre les immortels :
Dans l'Enfer pour les flames auec les criminels,
Toy qui a conſacré des victimes humaines,
Toy qui as ſi ſouuent fait iaillir des Fontaines,
Des corps de tant de gens que tu as fait mourir,
Ce ſeroit eſtre fol

Le Cardinal.

      Veillez moy ſecourir
Vous qui auez iouy d'vne grande puiſſance,
Laiſſez moy retirer ſans ſonger à l'offence,
Que i'ay par vn malheur exercé contre vous
N'auois-ie pas ſubiect d'animer mon courroux.
Ie vous auois aimé preſque autant que moy meſme,
Et nonobſtant cela par vn fin ſtratageſme,
Vous vouliez me priuer de l'amitié du Roy,
Bien loing de m'aſſiſter me fauſſant voſtre foy,

Monſieur de Thou & le Cardinal.

Vous l'accuſez a tort Monſieur d'ingratitude,
Il voulloit vous mener à la beatitude,
Et vouloit ſubuenir à la calamité,
Que nous faiſoit ſouffrir voſtre meſchanceté,
Car vous voullant priuer de l'amitié du Prince,
Et vous faire tenir dedans quèlque Prouinçe,
Il croyoit que le Ciel qui touiours nous attend
Et qui ſe plaiſt de voir noſtre cœur repentant,
Deplorer ſes pechez & deteſter ſon vice,
Vous feroit recognoiſtre en fin voſtre malice,
Et vous feroit choiſir le chemin des vertus
Il voulloit ſoulager les peuples abbatus,
Et greuez ſi long temps du tracas de la Guerre,
Qui par voſtre malice eſt par toute la terre;
Bien ie veux aduouer qu'il aye eu grand tort
Vous l'auez auſſi fait condamner à la mort,
Inhumain vous n'auez iamais donné de grace,
Et vous en eſperez il n'y a point de place:
Icy pour les vengeurs & pour ſes propres affronts,
Nous

Nous voullons nous venger des tors que nous souffrens
Et prions cependant que Dieu nous le pardonne,
Allez dans les enfers le Ciel vous abandonne.

Le Cardinal.

Hé Monſieur ; donnez moy quelque petit ſecours.

Monſieur le Grand.

Il faudra malheureux que tu ſouffre touſiours,
Pour auoir quelque temps eſclatté ſur la terre,
Où tu as allumé le flambeau de la guerre,
Si tu hayſſois tant la paix & le repos,
Mal-heureux n'euſt il pas eſté plus apropos,
De combatre les Turcs, & les autres barbares,
Les chaſſer de leur troſnes & rauir leurs theares ;
Que par tes faux Conſeils faire marcher le Roy,
Contre les Potentats qui ſont de meſme foy :
Tu euſſe mis au Ciel quantité de beaux aſtres ?
Leur faiſant par ta loy , ſuiure tous tes oracles,
Tu euſſe fait des Saincts , tu as fait des Demons,

Le Cardinal.

N'ay-ie pas aſſez fait, par armes & par Sermons,
Contre les Heretiques, n'a on pas pris leur villes,
Par mes ſages aduis.

Monſieur le Grand

        Dieu que tu es habille.
Penſe tu nous tromper encore par tes diſcours,
Ie ſçay bien que l'on a combatu quelques iours,
Contre les Huguenots, qu'on a pris la Rochelle,
S'eſtoit pour puis apres, Conſeiller infidelle,
Mieux combatre le reſte, il eſtoit apropos,
Puis que tu deſirois troubler noſtre repos.
De faire vne action qui fut conſiderable,

Le Cardinal.

Helas que fera donc mon ame miſerable,
Tu es chaſſé de tous? pauure de Richelieu,
Tu ne ſçaurois trouuer au Ciel vn petit lieu,

Toy qui possedois tant de maisons sur la terre,
Tu te vois maintenant aussi foible qu'vn verre,
Sy au lieu d'esleuer tant de beaux bastiments,
Pour des biens passagers, cause des chastiments,
Dont apres le trepas, tu te vois afligee,
Mon ame, à la vertu tu te fusse engagee,
Et tu ne tiendrois pas le chemin des Enfers,
Où on te va charger de chaisnes & de fers,
Poursuiuons hardiment i'en ay bien pris la voye,
Suiuant ses faux plaisirs qui donnent courte ioye.

SCENE. II.

La descente du Cardinal aux Enfers.

L'Esleu Charon, Nautonnier. & le Cardinal.
Charon qui est tousiours nauigeant sur cette eau,
Pour passer les esprits dans ton petit basteau.
Meine dans les enfers cette ame malheureuse.
Charon.
Qu'il est bien employé de la voir langoureuse.
Ayant tousiours voulu regner chez les mortels,
Au lieu de reuerer les saincts & les Autels.
Le Cardinal.
Passe-moy seulement ce n'est pas ton affaire,
De reprendre en ce lieu ce que i'ay voulu faire,
Ie scay ce que i'ay fait.
Charon.
Ou tu le dois scauoir,
Le Cardinal.
Meyne moy chez Pluton puis que c'est ton deuoir
Il scait ce que i'ay fait ma recompense est preste
Charon.
Tu as auiourd'huy fait vne belle conqueste,
Au lieu de vers lauriers tu recherche des fers,
Au lieu d'aller au Ciel tu descends aux enfers

Le Cardinal.

Il est temps de prescher, cela m'est fort vtile

Charon

Ie sçay que s'est semer dans vn champ infertile,
Mais c'est pour commencer à te persecuter,
Ayant dedans le monde aymé mieux escouter
Des discours amoureux comme des commedies.
Ou bien prester l'oreille à quelque perfidie,
Que d'aller en vn mois entendre deux Sermons,
Puis qu'ainsi tu le veux ie te liure aux demons,
Qui te gouuerneront comme tu le merite,
Nous verrons si chez eux tu feras l'hypocrite,

Le Cardinal.

Il faudra marcher droit on m'y cognoist trop bien,

Charon.

On t'y cognoist de vray ; mais non pas pour ton bien.

Le Cardinal.

Ie sens fondre sous moy la barque passagere.

Charon

Pour vn si grand esprit elle est vn peu legere.

SCENE. III.

Pluton & le Cardinal.

Pluton.

O! te voyla mon fils? vient-tu pas heriter
Des biens que ie t'ay fait au monde meriter,
Veux tu pas partager mon Sceptre & ma Couronne
Tu les merite bien faut que ie te les donne.
Qu'on luy donne vn chaire aupres de Cornuel,
Ayant eu dans le monde vne amour mutuel?
Ils serons fort contents d'estre logez ensemble:
Le veux-tu Cardinal, dis moy ce qui t'en semble.

Le Cardinal

Ie suis vostre suiet vous pouuez commander,

ACTE TROISIESME.

SCENE. I,

Cornuel & le Cardinal.

Cornuel.
Que viens-tu Cardinal icy me demander,
Retire-toy cruel, vilain, abominable,
Ie ne te puis souffrir,

Le Cardinal
N'est-il pas raisonnable,
Qu'ayant eu dans le monde vne ferme amitié,
Nous partagions tous deux le lieu par la moitié.

Cornuel.
Ie suis assés pressé sans m'estressir encore :
Tu m'as aymé dis-tu, c'est ce que ie déplore,
D'vn amour violent & ferme ce dis tu,
L'on trouue Cardinal dans la seule vertu,
Vne amitié bien noble vn amour veritable,
Le tien bien loing de m'estre & bon & profitable.
M'a reduit à souffrir des tourments rigoureux
Qui pour l'eternité me rendent malheureux
Ie ne suis pas faché de sçauoir que ton ame
Est aussi condamnee à souffrir dans la flame,
Mais i'enrage de voir tant de maux m'açabler
Et les sentir sans cesse accroistre & redoubler,
Cherche ton Confesseur ce bon porte bezace,
Qui fait à mon aduis vne laide grimace

SCENE. II.

Le Cardinal & le pere Ioseph.

Le Cardinal.
Bon iour Pere Ioseph.

Le pere Ioseph.

Nous n'en auons iamais,
Mal-heureux Cardinal, peux-tu bien desormais
Faire en sorte que i'aye vne bonne iournee :
Toy seul qui a causé ma seule destinee,
Et qui me fait auoir vne eternelle nuict,
Qui iamais ne me quitte, & qui tousiours me suit,
Il falloit adiouster, bon-iour par excellence :
Comme si desormais ta chetiue Eminence
Pouuoit nous presenter quelque chose de bon,
Sens vn peu la chaleur de ce petit charbon,
Pour voir si nous auons quelque minute heureuse,
Endurant sans cesser la flame rigoureuse :
Va passe plus auant & cherche vn autre lieu,
L'on te doit le meilleur,

Le Cardinal.

Ie te dis donc adieu.

Le pere Ioseph.

Parle icy que dis-tu, cause de ma misere,
Tu te mocque de moy, va, tu n'en riras guerre,
Si tu en as suiet, tu me trompe bien fort,
Tous tes biens Cardinal son finis par la mort,
Tu sentiras bien-tost le tourment qui m'accable,
Tu me viens dire adieu lors que ie suis au diable,
Pour t'auoir assisté dans tes meschancetez,
Et pour t'auoir loué dans tes iniquitez,
I'ay sçeu tous tes pechez, i'ay supporté ton vice,
Ce qui fait qu'aux enfers i'admire la Iustice
Du Monarque des Roy, qui regne dans les Cieux,
Pour auoir abbaissé ton vol audacieux,
Ne ris point de nos maux desormais prens y garde.

D

Scene

SCENE. III.

Le Cardinal & le premier President.

Le Cardinal.

Dieu te gard President,

Le premier President.

Mais le diable te garde,
Ie suis tres-bien gardè ie ne puis eschapper,
Et ne vais pas si fort qu'on ne peust m'attraper :
Car ie suis enchaisné par les pieds, par la teste,
Et par le faux du corps tout ainsi qu'vne beste,

Le Cardinal.

Qui t'a si bien lié.

Le premier President.

Miserable c'est toy,

Le Cardinal.

Ie n'y ay pas songè, ie t'ayme trop,

Le premier President.

Pour moy:
Ton amour a causé les tourments que i'endure,
Ta damnable amitié m'a mis à la torture,
Pour auoir corrompu suiuant ta volonté
La Iustice & le droict, mesprisé, l'esquité
Oublié les deuoirs d'vn homme de ma sorte,
Enuers le bien public, on m'a fermé la porte,
Et exile du Ciel pour venir aux enfers,
Me voir chargé de coups & ployé soubs les fers
Hà que si l'on pouuoit ressentant tant de peines,
Auoir quelque plaisir, que le chant des Sereines,
Que la possession de ces riches tresors,
Qui Corrompent l'esprit ayant gasté le corps,
Ne me causeroient pas vne si grande ioye,
Comme i'en receurois de te sçauoir la proye,
Des flames qui tousiours nous font viure en mourant,

13

Le Cardinal.

Preſident ie m'en vais,
Le premier Preſident.

Pouſſe grand ignorant,
Et va voir icy prez l'Intendant des Finances,

SCENE IIII.

Le Cardinal & Monſieur de Bullion.

Le Cardinal.

Holà petit Bachus,
Monſieur de Bullion.

Cauſe de mes ſouffrances
Qui t'amaine en ce lieu, ta ſotte vanité,
Le Cardinal.

Fais moy place pour vne eternité.
Monſieur de Bullion.

Au diable ſoit le ſot, he qui te voudra plaire,
Ie ſçay ce qu'en vaut lauſne infame ſanguinaire,
Pour t'auoir aſſiſté lors qu'entre les Mortels,
Tu volois les honneurs qu'on doit aux Immortels,
Tu me vois en ce lieu tout accablé de chaiſnes,
Tu me vois malheureux dans les fers & les geſnes,
As tu veu pres d'icy le premier Preſident
Le Cardinal.

Ouy, ie viens de le voir braue ſur-intendant
monſieur de Bullion.

Que ne ta-t'il donné la moitié de ſa place,
Le Cardinal.

Il n'en auoit pas trop,
Monſieur de Bullion.

Le pere à la bezace.
Ceſt homme te deuoit faire la Charité,
Eſtant participant de ton iniquité,
Le Cardinal.

Ie ne viens pas icy pour aller à Confeſſe,
Monſieur

Monsieur de Bullion,

Il faudra neantmoins te Confesser sans cesse,
Les Diables te feront deduire les raisons,
Pourquoy tu detenois tant de monde es prisons,
Pourquoy tu enuoyois tant de monde au supplice,
Bref tu raconteras tous tes traits de malice,
Dont tu as trop vsé pour faire mettre a mort,
Tant de pauures Seigneurs le plus souuent a tort,

Le Cardinal.

Ie suis mal a cheual i'en auray bien à dire,

Monsieur de Bullion.

Tant plus tu souffriras de peine & de Martyre.